BON
ANNIVERSAIRE
HENRI !
XXXX
HAUT
BAS

Pour Francis Crumble

Fiona Roberton

UN CADEAU
PAS COMME LES AUTRES

ALBUMS
circonflexe

Traduction de l'anglais par Julie Guinard

Avec la participation de Véronique Soleimani

The Perfect Present

ISBN : 978-2-87833-622-1
Imprimé en Chine par Book Partners China Ltd
Dépôt légal : octobre 2012
Loi n° 49-956 du 16 juillet 1949
sur les publications destinées à la jeunesse

Chapitre 1
La veille au soir

Henri était trop excité pour dormir.

Il pensait à la montagne de cadeaux d'anniversaire
qu'il aurait à déballer le lendemain matin
et essayait de deviner ce que Samy allait lui offrir.

Il cherchait par ordre alphabétique et en était à la lettre T.

« C'est un trek touristique à Tombouctou ? »

« Non. »

« Un totem ? »

« Non. »

« Non. »

« Un trampoline ? »

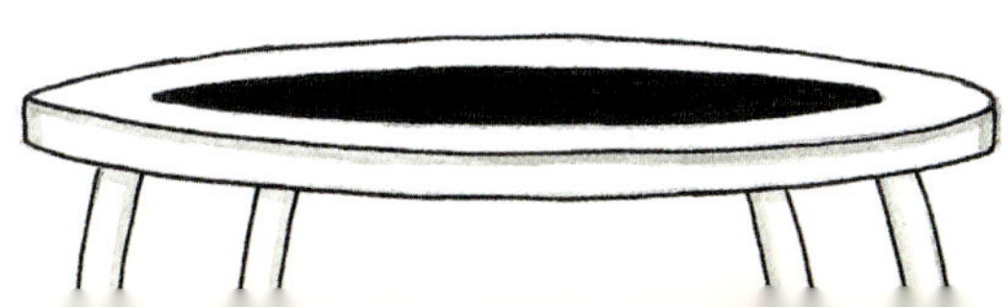

En fait, Samy avait acheté à Henri une canne à pêche. Chaque fois qu'ils passaient devant la boutique d'articles de pêche, Henri collait le nez contre la vitrine et regardait à l'intérieur avec envie.

« Si seulement je pouvais l'avoir », soupirait-il.

Samy avait hâte de voir la tête d'Henri quand il ouvrirait son cadeau.

Ce serait le cadeau parfait.

Chapitre 2
La surprise

Le lendemain matin, Henri et Samy se précipitèrent en bas.

Henri ouvrit tous
les cadeaux de
son papa et sa maman,

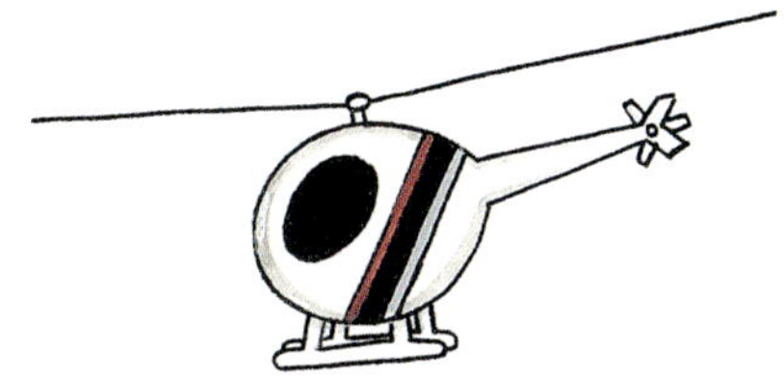

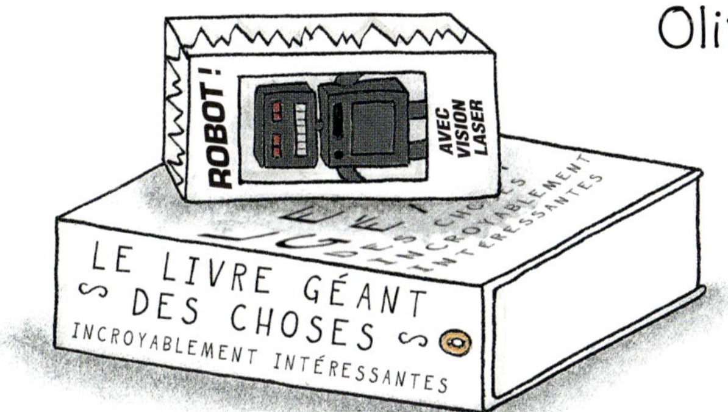

de sa sœur
Olivia,

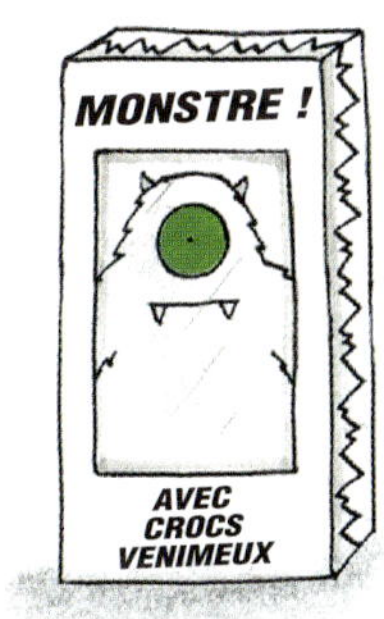

de ses oncles, tantes
et cousins…

…et au moment où il allait
déballer le cadeau de Samy…

…on sonna
à la porte.

Les grands-parents d'Henri étaient arrivés et ils avaient apporté un drôle de paquet tout remuant.

Ils le posèrent délicatement par terre devant Henri...

...et soudain, avec un « OUAH ! » bruyant, en jaillit...

« Un chien ! s'écria Henri. Il a la queue qui frétille, une truffe douce et humide et une langue chaude et cotonneuse ! Il est PARFAIT ! »

Et il courut aussitôt dans le jardin
pour apprendre à son chien des tours extraordinaires.

Samy les suivit dans le jardin.
« Tu n'as pas encore
ouvert mon cadeau », dit-il.

Mais Henri ne l'écoutait pas.

Samy était tout malheureux. « Henri a toujours rêvé d'avoir un chien, et voilà, il en a un, se dit-il. Je n'ai plus rien à faire ici. »
Alors il laissa à Henri un message d'adieu...

...et fit ses bagages sans bruit.

Dehors, il faisait nuit noire et il avait commencé à pleuvoir, mais il ferma doucement la porte derrière lui et repartit vers son ancienne maison, loin, très loin.

Il pleuvait encore quand
Samy arriva au bord d'une rivière.

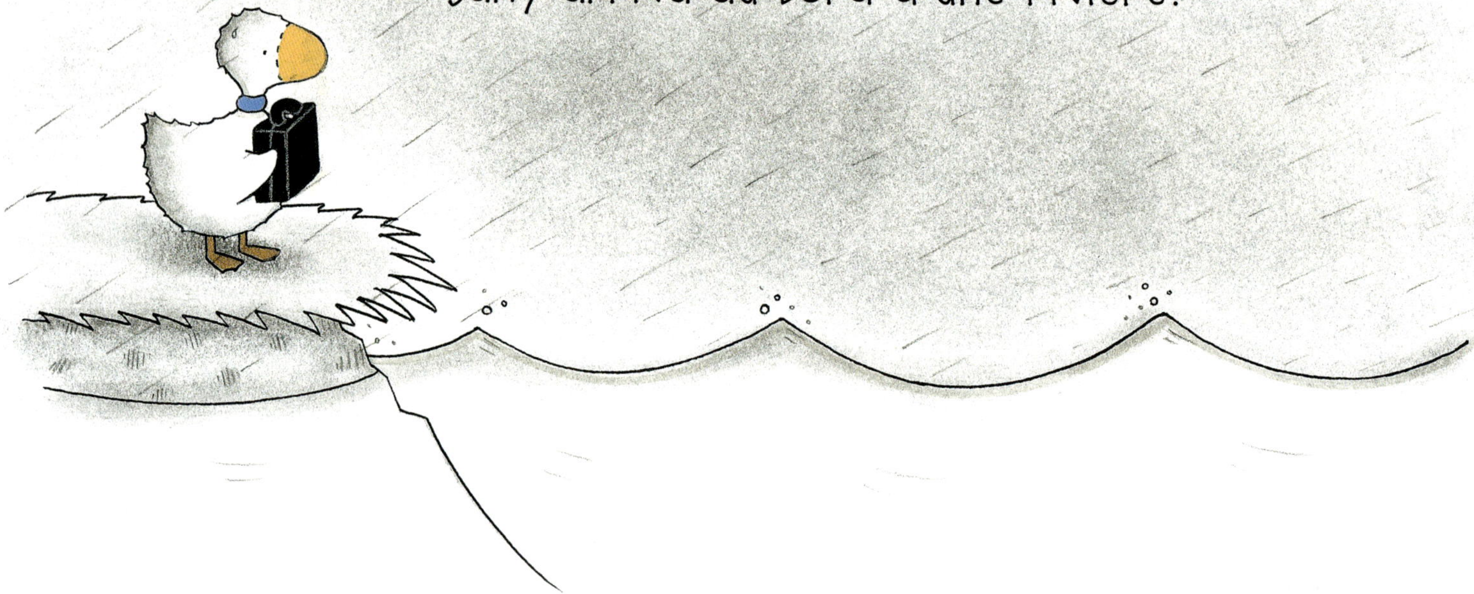

Sa valise était trop lourde, il ne pouvait
pas voler, alors il sauta dans l'eau
et traversa à la nage.

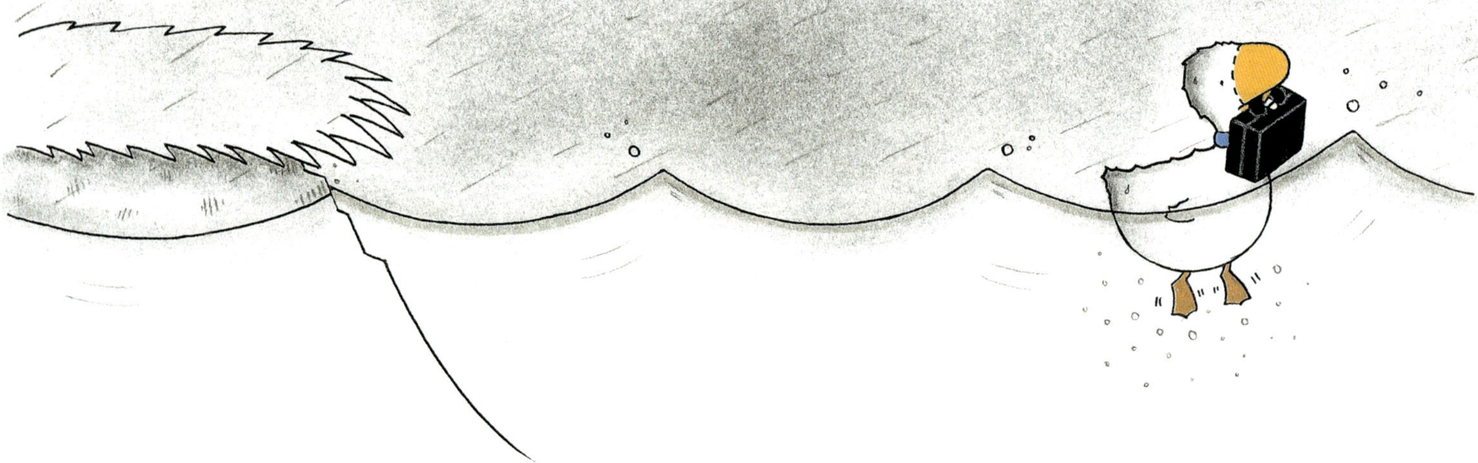

Mais à cause de la pluie,
la rivière était devenue trop
agitée et trop puissante,

et Samy fut emporté
par le courant.

Il s'agrippa désespérément
aux branches d'un arbre
contre lequel les flots
l'entraînèrent...

...et grimpa tant bien que mal jusqu'en haut.
La pluie continuait à tomber, et la rivière à monter autour de lui.
Samy était piégé, il ne savait plus quoi faire.

CRAAACACLAC!
FZZ ZZT

Chapitre 3
Pendant ce temps...
WOUF ?
« Mais qu'est-ce que... »
« Oh ! Samy... »
« ...Oh non ! »

Samy perdait espoir quand il entendit soudain
crier au loin. Son cœur fit un bond.
Henri était venu le chercher !

C'est alors qu'il entendit aussi aboyer, et là, son cœur se serra.
Le chien était avec lui. Il vit l'éclair d'une torche,
le chien vint lentement renifler la berge...

...puis il se mit à aboyer en s'élançant vers Samy.
« Attends ! » lui cria Henri, mais c'était trop tard.

D'un bond,
le chien sauta dans la rivière...

...et coula aussitôt à pic.

Ni une, ni deux, Samy plongea
à l'endroit où avait sauté le chien
et le rattrapa par son collier...

...de justesse.

Mais la situation devenait critique :
Samy était trop fatigué, le chien trop lourd,
et l'eau menaçait de les engloutir.

C'est alors que, de la surface,
parvint un drôle de « Ffwwwiiiiiiizzz chtouc »,
et Samy se sentit tiré d'un coup sec par son collier.

En émergeant de l'eau, il découvrit Henri
qui lui souriait, sa canne à pêche toute neuve à la main.

« Oh ! Samy, lui dit Henri,
j'étais fou d'inquiétude !
Pourquoi es-tu parti ? »

« Parce que je pensais
que tu n'avais plus besoin de moi,
répondit Samy. Je croyais que
c'était le chien, maintenant,
ton compagnon idéal. »

« Samy, lui dit Henri, j'aurai
toujours besoin de toi
et tu seras **toujours**
mon compagnon idéal,
quoi qu'il arrive. »

« Mais, ajouta-t-il, peut-être que le chien pourrait être **notre** compagnon idéal ? Sans lui, je ne t'aurais jamais retrouvé. »

Samy considéra le chien curieusement. « Je n'ai jamais eu d'animal de compagnie », dit-il.

« Tu vas adorer ça, lui dit Henri. Les animaux de compagnie, c'est **fantastique** ! »

« Et donc..., commença Samy avec espoir,
...il te plaît, ton cadeau d'anniversaire ? »
« Samy..., répondit Henri,

« ...il est absolument parfait ! »

BON ANNIVERSAIRE HENRI ! XXXX
HAUT
BAS